Michael Fruth · NIEMAND SONST HAT DIE DETONATION GEHÖRT
Gedichte

W0342464

Michael Fruth

Niemand sonst hat die Detonation gehört

Gedichte

Maro Verlag

©1979 - Alle Rechte vorbehalten
MaroVerlag Benno Käsmayr
Bismarckstr. 7 1/2, 8900 Augsburg

Originalausgabe Juli 1979
Auflage: 1000 Exemplare

Umschlag: R. S. Berner, München
Fotos: Wilfried Petzi, München
Layout: Michael Fruth

Gesamtherstellung: MaroDruck, Augsburg

ISBN 3-87512-043-4

INHALT

MÜNCHNER U-BAHN, TRAUMBLUME

Andreas (6) sackt in die Knie
die Arme schützend über dem Kopf
und sagt leise und sachlich: "Ich schreie."
Niemand sonst hat die Detonation gehört
aber dann sagt eine Frau etwas über
leise schreien können und schon
ist sie umgeben von einem Ring
aus Augen und ihre Pupillen
weiten sich in plötzlichem Schrecken.
Bis ein dicker Mann ruft: "Ich singe!"
Im Gesicht und auf dem Anzug hat er
erste Anzeichen sozialer Bindungslosigkeit
aber er bewegt den Mund so natürlich und so stumm
daß alle froh und überlaut lachen
wie in einem schlechten Film und
eine dickliche Blondine ruft schrill:
"Ich singe wirklich," und legt ein Koloratursolo
hin daß wir klatschen und lachen wie
eine Schulklasse der der strenge Lehrer
weggestorben ist: Kinder kletterten
die Haltestangen rauf und runter
es war eine Stimmung wie sonst nur
nach einem gewonnenen Spiel der Nationalmannschaft
aber irgendwann hielt der Wagen dann doch noch
und beim Bremsen fielen alle sanft ineinander
man raffte sich teils peinlich berührt wieder hoch
und viele stiegen aus obwohl sie normalerweise
weitergefahren wären aber bestimmt blieben
auch einige drin die hätten aussteigen müssen.

SAMSTAG

Ihr ausgestreckter Zeigefinger
zittert wie der Pudel
auf den er gerichtet ist
und ihr Gesicht ist eine Geschichte
über den Hass aufs Älterwerden.
"BLEIB HIER BEI FUSS"
höre ich und denke
daß das nicht nur ein Pudel ist
sie hat
den Gedanken gespürt
schaut kurz hoch
treffsicher
durch die Windschutzscheibe
durch die Dunkelheit im Wageninnern
genau
durch meine Augen hindurch
und später am Tag
hab ich noch öfters
mit ihrem Blick zu tun.

STADT-LAND-SCHAFT

oder:

BILDER-GESCHICHTE MIT AUTO-EXKURSEN

oder: DAS BILD
des kurzen Blicks
auf all die Angst
der letzten Monate
zerfließen sehn: das
ist das schlimmste.
Ein kahler Hügel
die Spitze eines Baums
Umarmungen Geflüster.
Rings ragen Wachtürme
mit Kugelkuppeln
die sich drehen.

oder: DEUTSCHLAND im Jahr nach
dem Herbst. Im Film die Bilder
unsrer Einschnürung zurückgedreht.
Dann in den Straßen nichts
als Vacuum. Im Stadtpark
schart sich der lizensierte Kiff
am Fuße eines Kunsthügels aus
Märchenkönigzeiten und drückt
den Geist arschabwärts hin
zum Mittelpunkt der
Erdkugel. Gleich nebenan
ein andrer Kreis: die Droge
für die Älteren und ihren Nachwuchs
fließt krugweise rund um
chinesisches Getürm
aus dem sich Blasmusik
bizarr gedämpft und dennoch

so recht fürchterlich
erschütternd deutsch
ergießt.
Am Hügelgipfel
Zweitaktgemisch
aus Congas und Pauken wir
schlenkerten mit Armen und
Beinen dazu benannten es:
Stück für verspielten Wind.
Aber selbst das Aufatmen
ist fest bestimmbar
hierzulande
der Rhythmus wird
täglich und unmerklich
kürzer eingestellt:
ein leises Knacken
so ganz und gar untanzbar
das auf Rädern über Schotter
schlich diskretem Standlicht
folgend. Ausweiskontrolle.
Hügelabwärts
ist es einer mehr.

oder: DAS BILD des aufrechten jungen Offiziers
DAS BILD der chronisch verstopften Gattin
DAS BILD des vergrämten höheren Beamten
DAS BILD der verhärmten Mutter
DAS BILD der verkrümmten Großmutter wie sie
DAS BILD des Enkelkinds betrachtet.

oder: DAS BILD Hölderlins
wie er vor seinem Stehpult steht
wie er laut skandierend auf und ab geht
wie er Volksreden hält und dem Geheimbund widmet.

oder: Wie er vornübergebeugt Figuren aus Ton modelliert
& der Ton wird nicht hart
& wie er stutzt
& weiterknetet
& erstarrt
& weiterknetet

HÖLDERLIN
wie er sich mit einem letzten Tobsuchtsanfall
aus der Gemeinschaft öffentlich brauchbarer Personen
verabschiedet um sich für seinen Lebensrest von
43 Jahren
auf ein Zimmer bei einem Zimmermann namens
Zimmer
zurückzuziehen wo er auf und ab gehn und skandieren
und flüstern und schreien kann soviel er will

oder: DIESES LAND ist eine
EINFAMILIENREIHENHAUSSIEDLUNG ist die
GEWALT die in der
SCHWEIGSAMKEIT VON SCHLAFZIMMERN
GEZEUGT von der
GESCHWÄTZIGKEIT VON VORGÄRTEN
GELEUGNET wird

oder: es ist
DAS BILD
von einem der
in einer Kiste großgezogen
wird wodurch im Lauf der Jahre
seine Knochen sich und auch
der Geist in seltsamer Verwachsung
biegen damit er später dann
der Hofgesellschaft Kurzweil bringe
und seinen Eltern einen guten Preis

oder: DAS BILD
von einem der
seinen langgliedrigen Körper
in einen Glaswürfel der Kantenlänge
fünfzig Zentimeter faltet
der vorn sich füttern läßt
und hinten putzen der
wochenlang darin verweilt
als Werbegag eines
bekannten Kaufhauskonzerns

oder: DIESES LAND ist eine
EINBAHNAUTOBAHN ein hochumgitterter
PARKPLATZ mit Tischen und Stühlen aus
ZEMENT es ist die
SAUBERKEIT und auch der Inhalt aller
PLASTIKABFALLKÜBEL ist eine
RASTSTÄTTE mit Fichtenwaldtapeten ein
GROSSRAUMKLO mit Zehnerlteller ein
AUTOMAT mit Kondomen für den Geist.

oder: DAS BILD
von zweien im
Zugabteil wovon der eine fragt:
"Sind das jetzt wir
die rückwärts rollen
oder stehn wir noch
und die zwei Züge rechts und links
fahrn grade an?"
Worauf der andre antwortet:
"Oda mia fahrn scho längsd
olle midanand und mia
mia bremsn hoid a bissal!"

oder: DIESES LAND ist eine halbnackte
SCHAUFENSTERPUPPE ist deren
ABGESCHRAUBTER LINKER ARM ist auch die
MENGE die davorsteht und auch der
FERNSEHER auf den man starrt und ist das
FENSTERGLAS dazwischen und die
PÄRCHEN die vorbeigehn und ist sogar der
TRAUM des Dekorateurs zwei Straßen weiter ist eine
ZIGARETTENKIPPE und auch das
INNERE der schwarzen Limousine aus der sie fällt ist ihre
LEUCHTSPUR auf nasschwarzem Teer es ist das
KURZE BLINKEN der Bremslichter ist auch die
ANONYMITÄT des Rauchers auf dem Hintersitz und ist die
SCHWÄRZE der Schlechtwetternacht bei Neumond

oder: DAS BILD
der durchsuchten Wohnung im Kopf auf dem Heimweg

oder: DIE HOFFNUNG
auf Ruhe nach dem Schließen der Wohnungstür

oder: DIE VERIRRTE STIMME
aus dem Polizeifunk die durch das Tonband geistert

oder: DIE BELIEBIGE FORTSETZBARKEIT
dieses Gedichts.

REQUIEM FÜR EINEN DER FÜR SEIN AUTO STARB

Drehte mich um nach
einem Geräusch
und sah
aus halboffenen Baggerschaufeln
Bauschutt in breitem Strom auf
das Dach eines VWs rieseln

hörte
die Rhythmusgruppe einer Samba-Band
sah dann wie
in der ersten Pause
aus dem Klangkörper
ein Mann hervorsprang
und stehenblieb dort
zwischen Autotür und Auto
der fuchtelte und schimpfte
schräg nach oben
auf die spiegelnden Scheiben
der Führerkabine zu
mutig und selbstvergessen und durch
eine Wolke aus feinem Staub
die dem Steinregen folgte

sah
wie er plötzlich niederstürzte
und auch den Ziegel der
von seinem Kopf sprang und erst
auf dem Pflaster zerbarst.

Heute lese ich
daß er sofort tot war ich
sehe noch einmal
seinen braunen Anzugrücken
und wie
sein Gestikulieren
in ein anderes
tieferes Zucken
überging.

TAGTRAUM

Mit offenem Verdeck und stehend
lenke ich langsam
durch die überfüllten Straßen
stromaufwärts und dann und wann
springt eine Geste ein Augenblick
über die Bugwelle
durch den Windschutz
meiner gespielten Gelassenheit.

Hinter mir
im Schlepptau
ein aufrechter Schatten
ein Wasserskifahrer der
frech behauptet ich zu sein
der mir das Dasein streitig macht
ganz so als sei ich ohne Chance
als habe er
den Tod schon hinter sich.
Wenn ich das Kappen des Seils
erwäge lacht er nur kurz
und unverschämt er steht
leicht rückwärts gelehnt
und wirklich sehr lässig
er durchkreuzt im Zickzack
die Geschichte meines Weges.

Da kommt mir
ein Einfall
ich lasse die Räder
ausrollen und schaue zu
wie majestätisch er versinkt.

Statt Luftblasen
ein Hupkonzert.

Und wie ich
fahrend mich umwende
steht er da wieder
und grinst.

MITTAGSPAUSE

"AH TOMMI"

                schreit es
auf der Straße und
jemand der so aussieht
wie ich läuft ans Fenster
im ersten Stock und schiebt
die Gardine weg was so aussieht
wie ein Filmschnitt und

                                sieht
eine Frau auf allen vieren
gegenüber auf dem Gehsteig
der hochgerutschte Plisseerock
hängt zwischen Ellbogen und Knien
und zittert während aus dem Bauch
nochmal die beiden Worte
durch die Kehle steigen

                                "AH TOMMI"
schreit es zum drittenmal aus ihr raus
auf einen Mann zu in blauem Arbeitskittel
der mit leicht beschleunigten Schritten
von ihr wegläuft flankiert von
zwei grinsenden Kumpels einmal
dreht er sich um nach
den saugenden Tiefen
des Schreis hinter ihm
seine Hand zuckt hoch zum Hals
und rückt die unsichtbare Krawatte zurecht
und wie er den Kopf mit dem peinlichen Lächeln

nach vorn reißt sinkt die Frau noch ein Stück
tiefer laufen ein paar Leute auf sie zu
ein Mann mit Pelzmantel versucht sie hochzuheben
aber seine Hände rutschen an der runden Taille ab

sie
macht sich ganz schwer vor Schmerz und
Sympathie für den Boden.

ZWIELICHT UND ZWISCHENMENSCHEN

Er
liebt ihn
sagt er. Ich
denke: habe ich jemals
einen Mann
geliebt?

1/2 5
ist die Zeit
der als Straßenkehrer
nur schlecht verkleideten Marsmänner.
Es ist November und Neumond und noch
so still daß man die Wecker
klingeln hört, der Moloch
fängt pünktlich an
sich zu räkeln
die Steckuhr
wartet.

Er
liebt ihn
sagt er. Ich
denke: habe ich jemals
einen Mann
geliebt?

KÜCHENBALKONHINTERHOF

Er brüllt:
“Wie oft hab ich dir schon gesagt!”
und seine Stimme fragt:
warum wehrst du dich nicht
gegen meinen Haß und
läßt mich endlich gehn?

& sie ruft weinend:
“Aber ich wollte doch nur!”
und ihre Stimme fragt:
ich liebe dich obwohl
du mich nicht liebst
aber warum tust du mir weh?

FAMILIE

Nachts traf ich
meinen toten Stiefvater
auf der Herrentoilette.
Wir waren beide sehr nervös
ich weil ich nicht wußte
ob es die Damentoilette war
er weil er immer nervös war mit
mir bis wir bei der ersten Störung
uns in seltnem Einverständnis
gleichzeitig verwandelten in
jeweils eine Kuh mit Tränke.

Am frühen Morgen
schreit die Abendzeitung
unverzagt lautlos von jeder
strategischen Ecke aus
auf mich ein: "BUMS MICH
ODER ICH BRING MICH UM!
SAGTE DIE TOCHTER
ZUM VATER."

Zwei Schlaglichter und
ein verwirrender Zusammenhang
so denkt der Kopf
im Unterbewußtsein
rumort es.

HAMELNER STRASSE 14
LEMGO

in memoriam
Karl Junkers (1850 0 1912)
Maler, Bildhauer, Schnitzer

Gegenüber
hemdsärmlige Männer die
auf Fensterbretter gestützt
die Straße beobachten.
Im Hintergrund erkennbar
je ein Kruzifix
mit Bundesadler:
der Raubvogel ans
Kreuz gehämmert.
Die Welt stimmt
auf eine scheintote Weise.

Ein Ort
wie man ihn findet
auf der Suche nach Genialität:
hier steht das Haus von jemand
der sich zwanzig Jahre
darin einschloß
und es mit Schnitzmessern
aushöhlte an
Türen Fenstern Pfosten
Wänden und Geländern
wie eine künstlerisch begabte
Termite und bis zur
Einsturzgefahr.

POSTKARTE AN ZWEI STUDENTEN IN SAN SALVADOR

Ich würde euch sehr gern
das Land mal zeigen das
ich früher mein Land
nannte als gehörte
ich ihm

: die Hügel und wie
die Berge so jung und schroff sind
ihr würdet euch wundern über die
undeffinierbare Farbe der Flüsse
und daß alles in der Landschaft
wie 2mal gebadet und xmal gezählt
aussieht als wenn sie nachts immer
heimlich am putzen wären

: vielleicht würdet ihr
auch erfahren wie
versteckte Brutalität aussieht:
zwei Privatbullen die in der U-Bahn
spät noch schnell einem Penner
"die Glatze polieren"
oder auch
die Zeichen müden Hasses
in diesem und jenem Gesicht

: bei euch schießen die Gardisten nur
wenn möglichst viele
zuschaun.

MIT 2 HOPI-INDIANERN DURCH MÜNCHEN

Jenen die entgegenkommen
wirft der Wechsel des Bilds
je nach Sehschärfe früher
oder später ein Erstaunen
in den Sinn wenn sich das
ältre Ehepaar (in Konfektion
aus dritter Hand) verwandelt
in Gestalten die offenbar
verkleidet sind: Gesichter
wie zwei Reliefs einundderselben
Landschaft wie sie Mann
und Frau verschieden sehn.
Oder liegt es an den Augen
die so durchsichtig sind
daß mancher meint er schaut
in einen leeren Spiegel?
Die kurze vage Hoffnung daß
dieses schwarze Büffelhaar
doch nur Perücke sei und also
beliebig und bedeutungslos
hält keinem Rückblick stand.
Die
internationalen Richterlinge
in Den Haag *were very nice*
and very helpless, too.
Auf ihrer Suche nach Instanzen
für Verbrechen gegen Tier und
Gestein und Pflanze und Mensch
begleiten wir zwei helle Tage lang
zwei Fremde durch die Straßen
zwei Bauern durch den Asphaltdschungel
zwei Weise durch die Barbarei
zwei Hopis durch die Münchner
Innenstadt.

ASPHALTFLUCHT

Heute bin ich wiedermal
so weit gefahren wie
der Tank mich trug
und diesmal
war das Zufallsspiel
das ich mir Sonntags manchmal leiste
sogar von internationaler Politik
bestimmt: die Zapfsäulen hatten zu.
Schließlich hielt einer der sagte er sei
der Vetter vom Tankwart
im nächsten Dorf.
In einer Waldkurve die stark
nach Unfalltoten roch
stieg eine Frau mit Haube zu
die ihren Beruf als Krankenschwester
angab was ihn so beruhigte daß
er uns aufgeräumt Funktion und Sinn
des Sauerstoffgerätes neben ihm
erklärte: wenn ihn bei 100 mal
der Teufel holen will
wird er ein bißchen
mit ihm kämpfen.
Das feine Geäst aus roten Äderchen
das seinen Nacken überzog als
Zeichen dreier Herzinfarkte
begann zu leuchten
die Erste Hilfe neben ihm
gab seinem Fahrstil
jugendlichen Schwung er
lenkte mit dem Knie
entkorkte eine Flasche Rotwein
und nötigte noch vor dem ersten Schluck
zwei alte Landfahrer
den Hintersitz mit mir zu teilen

wovon der eine allerdings
die Feierstimmung dämpfte
mit folgendem befremdlichen Bericht:
auf einer Autobahn in Norddeutschland
verbirgt sich angeblich
nur wenigen bekannt
ein Ort wo man
wenn man beherzt genug
den Grünstreifen ansteuert
erlebt wie rechts und links die
Fahrbahnen schnell brüchig werden
bald von Gras und Büschen überwuchert
sind bis zur Unkenntlichkeit während
in der Mitte sich ein schmaler
Schotterweg entwickelt welcher
an waldigen Hängen entlang
aufwärts führt bis dann
drei schlanke Birken
ihn versperren.
Als er erklären wollte
warum der mittlere Baum nun
zu erklimmen sei gab es
Unruhe auf den Vordersitzen
man begann ein lautes Gespräch
über Arteriosklerose das erst
der Tankwart mit einem Wink
aus seinem Gartenzwergfürstentum
unterbrach.

HEUTE UND HEUTE

Wollte dich nur
mit Frühstück überraschen
heute morgen
- FRISCHES FLADENBROT! -

und fand dein Bett
schon doppelt gewärmt.
Ich wußte nichts zu sagen, dachte
auch nichts, stand nur zwischen
Tür und Angel und sah zu
wie das Anti-Sperma-Spray
vom Plattenspieler auf den Boden
fiel
und weiterrollte; registrierte
das mit den Augen während

weiter innen im Kopf
ein Tagtraum ablief
voll südländischer Eifersuchtsdramatik
- EL PRESO NUMERO NUEVE -
den ich mir jedoch leidenschaftslos
ansah wie nen schlechten Film

(der Schauspieler sitzt im Kinosessel
und will sich selber nicht erkennen
in jenem etwas veralteten Musical)

und ich begriff sekundenlang
was für ein Irrsinn
"Treue" und Besitzenwollen sind.

Aber dann, als wir
leise und beiläufig zu reden begannen
hatte ich durchaus keine Lust
Kaffee zu brauen
“für uns drei”
und zwar nicht nur
weil ich Kaffee nicht mag.

Gibt es da noch was
zwischen Eifersucht
und Gleichgültigkeit?

Gestern (denn das heute von eben
ist jetzt vorgestern) auf dem Weg
nach Milch und bürgerlicher Morgenpresse
stand die Sonne tief irgendwo
neben der Stadt
und warf Häuserkanten quer
über die Straßen und alle
strategischen Punkte riefen stolz:
EIN TOTER PRO BAYERN!
Schlagzeilenchor.
Besser im Herbststurm
als hinterm Lenkrad sterben.
Oder gar im Krankenhausbett.
Ich mache einen Umweg nach dem andern
weil ich zu dir nicht will
und zu mir erst recht nicht, laufe
durch ein Wechselbad aus
hellem Licht und dunklem Licht
und habe Zeit
für die Antwort auf die Frage:

Gibt es da nicht noch was
zwischen schnurzegal und
habenwollen? Und zwischen
Einsamkeit und Zwang?

Heute, nochmal heute, ist
das Wetter unverändert wechselhaft
aber die Straßen werden enger, wachsen zu
von allen Seiten, nichts als
Wörter Schilder Nummernschilder
Kaufaufforderungen, nur Lesbares allüberall!
die ganze Stadt ein ausgefülltes Kreuzworträtsel
wovon die Fragen längst verlorengingen, oh diese

besondere Stumpfheit

die dem Geistesarbeiter vorbehalten ist
in diesem System.

Zeigefingerbotschaften
in Karosseriestaub gemalt.
Auch das Passagenlabyrinth
der Innenstadt führt nicht weg
von der Frage
warum es einem schlecht geht
wenn es einem schlecht geht
hier, in diesem Land, in dem es
nicht um mich geht oder dich geht
oder ihn
sondern um die Riesenmenge Energie
die dauernd zwischen Einsamkeit und
Zweisamkeit verpufft
und deshalb heißt die Frage immer noch:

Wie sieht das aus
das Mögen das kein
Habenwollen kennt?

Es ist
wie ein sehr
scheues Tier, es hat
noch keinen Namen.

AN DICH ZU HAUSE

Im Fließbandauto
auf dem Autofließband.
Ich sitze und jemand zieht
von hinten an der Landschaft.
Wer nur? Wer wohl!
VATER STAAT und sein
BIG BROTHER bringen nun
JOHN LENNON mit seinem Hit
A WORKING CLASS HERO IS SOMETHING TO BE...
Ein leiser Zweifel
an der Wirksamkeit von Kunst
fällt rücklings über mich her
als alter Bekannter hält er mir
(ein schlechter Scherz zur
falschen Zeit das paßt zu ihm!)
die Augen zu und dann die Ohren
bis vor der nächsten Ampel
aus dem nächsten Seitenfenster
der Soundtrack sich verdoppelt
bis in dem roten Kreis
auf den ich starre
ein Bild erkennbar wird
von jemand der auf dem Boden
hockt sich in den Hüften wiegt
mit Armen Schultern Händen tanzt
wie du vorhin bevor ich wegfuhr
ich weiß daß du dasselbe hörst
und tue nichts dagegen daß mir
alles wieder zum Gedicht gerinnt
von mir an dich für alle
die nicht wissen wohin
wie du und ich und doch
nicht bleiben wollen.

WETTERBERICHT

Einer sitzt im Bett und
neben ihm machen zwei Liebe
halb unter der Decke
wohl weniger weil
ihnen kalt wäre oder
aus Schamgründen sondern
weil der Film durch
die U.S. Zensur muß.
Der der sitzt
erzählt den beiden
was er im Fenster sieht
(draußen schneit es)
und die bewegen sich
zu leiser soul music
wie in Zeitlupe so
langsam und fließend

- und obwohl das Bild oft
wanderte und der Ton auch
(bei mir war draußen
auch schlecht Wetter)
liefen mir damals
temperaturlose Schauer
das Rückgrat entlang wie
als ich das erste Mal
ein Tier sterben sah
oder John Lee Hooker
spielen hörte.

Heute früh
Hieronymus
als du Gitarre gespielt hast
neben uns im Bett sitzend:
seltsam ist es
eine Vorschau auf
das eigne Leben im
Fernsehn zu sehn als
Einblende aus der
Vergangenheit.

SCHLECHTER TAG

Alles ist heut
doppelt unecht

Vogelgezwitscher
erinnert an Pfadfinder-
Imitationen

und die Frauen
tänzeln
wie Schwule
über die Straßen

ich
denke an dich
und ich denke:

"Sehnsucht!
Was für ein lächerlicher Zustand
das ist!"

EILIGE ERSTARRUNG

3 Monate
Zusammensein
und schon
stehn sie
als Marmorplastik
im Gelände ihres
Freundeskreises:

ER hält SIE
am Oberarm
SIE hält IHN
am Ellenbogen
ER drückt IHR
den Kopf
vom Nacken aus
nach unten
SIE hält IHM
das Handgelenk
SIE umschlingt SEIN
Standbein mit
beiden Schenkeln
SEIN Spielbein
ist frei

für mich
sind sie
ein schlechter Grund
nichts neues zu wagen

MORGENS (1)

Jauche? Patschuli?
Das paßt nicht
in den letzten Traum
es ist also morgens und

ich
liegt
verkehrt
herum im

Bett im
Gästezimmer in
unserm neuen Haus
wo drinnen und draußen

so früh schon alles nach Wachsein
klingt außer uns beiden und
dein Hals ist an
meiner Nase.

Codierte Lockrufe
aus den Schaltzentralen
der nahen Stadt pochen
am Solarplexus. Pausenzeichen

und Zeitansage lösen sich ab.
Unsere Körper trennen sich
das Bettuch spiegelt matt
sprachlose Dinge.

WEG MIT GABELUNG. AN ISABEL

Du warst im Badezimmer und machtest
irgendwas mit deinen Augen.

Als wir zu zweit
zusammenlebten war die
Spiegelfechterei zur Schlafengehenszeit
gewohnte Idylle -

aber gestern da
trafen sich unsere Augen so unerwartet so
frontal und die Jahre seit unserer "Trennung"
waren mit einem Mal ausgelöscht und auch
die vielen Leute mit denen wir
seitdem zusammenleben
die zwischen und
neben und um
uns sind.

3 PAARE

1
Als sie sich trafen
hatten sie beide
das Alleinsein satt.
Etwa gleichzeitig
hatten sie ein paar Monate später
das Ausgenutztwerden satt.
Jetzt
wünschen sie sich gegenseitig
viel Glück für die Suche
nach einem besseren Partner.

2
Als sie sich trafen
wollten sie beide grade
in eine Wohngemeinschaft ziehn.
Nach drei Wochen Zweisamkeit
sagten sie sich gegenseitig
eine einsame Zukunft voraus.

3
Sie zogen bei uns ein
weil es ihnen zu zweit
ein bißchen langweilig geworden war.
Bald gingen sie wieder:
es sei einfacher
sich nur auf Einen einzustellen.
Gleich darauf
trennten sie sich
folgerichtigerweise.

MORGENS (2)

Jeden Tag ein
Kaiserschnitt von innen her. Kopf-
voran und mühsam kämpft sich
Mann und Frau aus den 3 Häuten
aus Träumen Bett Privatzimmer
heraus.

Erste Begegnungen auf langen
kalten Korridoren: Grußworte
sind Symptombehandlung für
den Schmerz des immer neuen
Auseinanderbrechens entlang
derselben alten Wundränder zu
demselben alten Selbstporträt
das jeder vor sich herträgt
das noch ganz feucht ist und
verschwommen weil der Schlaf
noch daran leckt.

Dann in der Küche
ein Puzzle ohne Paßformen.
Der Herd der früher hundert
Essen täglich produzierte
(jetzt nur den Morgentee für
sechs bis zehn) hat ein Geländer
wie ein Tresen woran man lehnen
kann verstreut und schweigsam
gebeugt das nächste Wochenende
anbetend.
Scheißarbeitstag!

ALLEIN SEIN WOLLEN

Das Wetter ist etwas zu stark für
mich heute. Für das graue Licht
sieht man die Berge viel zu genau.
Der Wind der herabfällt von dort
der auf all den von Kühen gehegten
Hügeln lastet ist so berharrlich so
scheinbar vertraut als saugte ihn
die dunkle Erde auf.

Bad Tölz das war früher und ein Stück
südlicher gleich am Ende der Rutschbahn
überschlug sich die Luft und brachte
ein unwirklich violettes Bild
von scheinbar nahen Felsen mit.

Jetzt und hier verkrieche ich mich
irgendwo in diesem viel zu großen
Haus. Mit dem Rücken zum Fenster
lese ich Frank O'Hara bin traurig
daß er tot ist (daß man nichts
mehr Neues von ihm hören wird)
mache ein Gedicht von einer Frau
das so tut als sei sie gestern erst
verschwunden und dann noch eins aus
einer Handvoll von Alltäglichkeiten.

Zwischendurch denke ich kurz an ganz
früher an das Zwitschern der Vögel
aus Vogelbeerbäumen das mitsamt dem Baum
(gefährlich gefährlich!) durchs runde
Fenster kam denn mit 4 ist alles noch
rund und Vogelbeerbäume sind Bäume
mit 1000 Beeren die wie Vögel zwitschern
können und jede zweite Sache ist giftig.

Unten rumort es im Haus. Man sammelt sich
zum Holzholen für den Winter. Sie rufen
nach mir ich hoffe daß sie nicht
nach mir suchen um mich mitzuschleifen
(um mich aufzuheitern) und trotzdem
habe ich Angst vor der Stille
wenn sie bald weg sind.

TAGNACHT

Mal ausschlafen im Urlaub.
Die Angst vor dem Schlafen nimmt zu.
Die Angst vor den eigenen Träumen
wegträumen.
                    Der Augenblick
der bleibt
ist der
den wir fürchten.
                    Unsre Körper
lagen da wie tot aber
jedes Rascheln jedes Umdrehn
hatte eine Antwort. Ein Saal
voller Verwundeter aus
dem geheimsten aller Kriege.
                    Fallschirmtraining
am Bergseil:
der Geist im Kopf
und die Angst im Magen
ergeben unerwünschten Aufwind.
                    Der Augenblick
der bleibt
ist der den ich fürchte
ist der um den es geht.
                    Du
schwimmst neben mir
auf dem Rücken im Meer
deine Pupillen suchen
die Augenlider ab
wie Periskope.
                    1/2 6 Uhr:
ein vierfaches Viereck
aus Neonweiß wirft sich herein

klebt an der schwarzen Zimmerdecke
ist begleitet von zarten Zitterklängen
aus dem Großraumstall dort melken
sie jetzt die Kühe lassen locker
und geben bei Landmusik
das letzte her.
Vorgestern
war übermorgen
ein weiterer Tag
der keiner war weil
keine Nacht ihn wollte.

WAS JULIAN ERZÄHLTE

Weiß nicht mehr wann
das war letztes Jahr oder
schon ewig lang her ich wachte
auf und wußte gleich ich
mußte aufstehn unbedingt ich
mußte wieder gehen lernen
alle Körperzellen vorsichtig
zusammenklauben denn die lagen
weit verstreut im Zimmer herum
die Dunkelheit war so total
ich dachte ich bin blind und
weil das Weltall auch ein Raum
mit Lampe war bewegte ich
mich auf den Schalter zu
mit Lichtgeschwindigkeit aber
die Dinge starrten mich so
bedrohlich an daß ich lieber
nichts sah und ihre messerscharfen
Kanten fühlte denn ich war
überall wo Luft war
der Schrank und der Tisch
und auch die Wände taten mir weh
bei jeder Bewegung aber nichts
tun wäre schlimmer gewesen als
der Tod weiß auch nicht mehr wo
das war in irgendeinem Hotel
vielleicht oder ganz früher im
Kinderzimmer im Haus der Eltern
endlich kam ein wenig Tageslicht
durchs Fenster und bald konnte ich

schon pendeln zwischen Bett und Tür
ich kam zurück in meinen Körper die
Welt wurde so selbstverständlich
daß ich mehr traurig war als froh.
Dann schlief ich wie ein Stein
und hatte die Sache vergessen bis
gestern nacht als etwas ähnliches
passierte und ich merkte
daß auch damals nur
die schwache Wiederholung
von etwas ganz Uraltem ablief.

PORTRÄTSAMMLUNG

Er saß in dem alten Mercedes
gegenüber und schaute
herüber: blaß, ruhig, ein junges
müdes Gesicht. Ich verglich dieses Bild
mit dem Bild das seine Telefonstimme
in mir verursacht hatte bis sich

Maxi breit lächelnd

in den Wechselrahmen schob laut
mit dem Schlüsselbund klimpernd
von seinem Zimmer. Drei
Wochen wollten sie weg sein, jetzt
nach zwei Monaten seh ich
das alles nochmal

(wie er aus dem Wagenfenster schaute)

denn jetzt sitzt er
für 10 Jahre
in Griechenland
und Maxi schuftet wieder

bei der Post, hinterm Schalter

macht also ganztags das
was ihr halbtags so verhaßt war
daß sie es tauschen wollte gegen
hohes Risiko plus schnelles Geld
schwitzt also doppelt und flucht
nur die Hälfte sie spart
für seine Kaution.

Sorgfältig beschreibt sie
das Doppelporträt
das für die Zöllner von vier Staaten
vorbereitet war:

sie braungebrannt obwohl sie sonnenbaden haßt
er kurzgeschoren erstmals seit der Kindheit.

Vorläufig letztes Bild
im Fotoalbum
ist das

Brustbild von Dieter in der Zelle im Yogasitz

das mir Maxi ins Hirn warf mit
den Worten: "Ach, wie mans nimmt -
er hatte da so einen Plan
für den Fall daß er mal jahrelang
in Einzelhaft sein sollte."

MAXIMILIAN MOSES TEICHER

Meistens gehts ihm schlecht
sagt er.
Trifft man ihn jedoch trällernd oder gar
singend an und fragt ihn: wie fühlst du
dich eigentlich, so weist er nur darauf hin,
daß er schon immer ein großer Verdränger
gewesen sei.
In Momenten
vorgetäuschter guter Laune spricht er
mit seinen Brüdern französisch, mit mir
spricht er dann englisch, aber mit Alexis,
dem Franzosen, spricht er arabisch -
nicht
weil er das für witzig sondern weil er es
für angebracht hält. Ist er jedoch scheinbar
besonders gut aufgelegt, so spricht er
mit allen Leuten rücksichtslos nur noch
bayrisch.

Weihnachten und Ostern beweist er Humor indem er
nachdenklich Engelchen bzw. traurige Osterhasen
auf Postkarten klebt und verschickt
nachdem er
ihnen mit schwarzem Filzschreiber eine Haartracht
verpaßt hat, die der seinen verblüffend ähnelt:
Kraushaar überall dort wo Haare wachsen.
Seine weiblichen Freunde - ausnahmslos Künstlerinnen -
revanchieren sich mit selbstgemalten Porträts
von ihm, mit denen er die Wände seines Zimmers
schmückt.
Sein Verhältnis zu Frauen ist kompliziert
sein Verhältnis zum Essen noch komplizierter:

er ißt
ausschließlich koscheres Fleisch, ein wenig Reis
und Milchprodukte. Nur sehr selten erklärt er
was koscher EIGENTLICH ist:
erstens
muß das Tier gespaltene Hufe haben, zweitens
muß das Tier ein wiederkäuendes sein, drittens
muß das Tier mit einem superscharfen
schartenlosen Spezialmesser mit einem
Schnitt durch die Kehle getötet worden sein, und
viertens: wenn das Tier ein Meeresbewohner ist
muß es Flossen und Schuppen aufweisen.

Wenn Moses allein ist
telefoniert er.

RICHARD ENGLISHMAN

Er ist eine kleine Lawine aus
rollenden Steinen er braucht Gefälle
und Leute die eine zeitlang mitkullern.
Fotos zeigen ihn vor sanft verschwommenen
Hintergründen: Wälder Mauerwerk Leute - alles
verzerrt wie die Köpfe der Zuschauer
wenn der Tennisball still-
steht im Flug. Zur Zeit
läßt er ein flaches Münchner
Neubauzimmer um sich kreisen im
langgestreckten Korridor fliehn
London Subway Posters scheu
an ihm vorbei im Rhythmus
eines Schritts wie er begnadete
Fußgänger auszeichnet. Laut und
verweht erklärt uns seine Stimme
mit einem steten Luftzug kämpfend
die Vorteile der Transversal-Lüftung: zwei
große Fenster zwischen Hof und Straße
die immer offenstehn sie fächern
freundschaftlich den Blutkreislauf
verhindern so Seßhaftigkeit..
Wir beschwören und verwünschen alle
: Gardinen dieser Welt
: Parterre-Fenster-Außenspiegel Englands
: Conciergerien Frankreichs
: Blockwarte und Türspione Deutschlands sowie
speziell die Anzeige der Frau von gegenüber
worin mit Worten die sich ihrer Größe schämen
das Bildnis eines Manns gezeichnet wird
der durch gezielten Exhibitionismus
die Jugend stockwerkweise korrumpiert

hypnotisiert verwirrt indem er sozusagen
auf dem Hochstand onaniert. Nun ist er
ein vorbestraftes öffentliches Ärgernis
im Wiederholungsfall wird er der Ausweisung
zuvorkommen.
Wir hocken nackt im Kreis
auf dem Boden vor dem Fensterbrett es
ist noch Sommer und unsre Oberkörper
lachen weithin sichtbar.

PORTRÄT EINES TOTEN KINDES

1

Eine Trennung, kein Laut, ein Sterben.
Eine Trauer die man nicht weinen kann.

Von Anfang an war auch das tote Kind
mit uns im Raum das merkten wir erst
als wir von ihm sprachen.
Mitsamt dem Kinderwagenoberteil
flog es durchs Autofenster
bevor sich seine Eltern dreimal
überschlugen. In der Kurve
Rollsplit aus der Auffahrt zu
den Nonnen im Kloster am Hang.
Die ließen den Arzt erst nach
dem Taufpriester ans Kind. Zu Worten
erstarrte Unglaublichkeiten. Wie
die beiden vor uns sitzen: ein Paar
zwei Freunde des Hauses: das Baby-
tragetuch als Stola um ihre Schultern
deren Zucken so verhüllt ist.
Seine Hand vor seinem Mund
wenn er sie unterbricht denn
allzu oft ist das erzählt zuerst
wohl mühsam widerstrebend fraglich
jetzt aber stehen die Sätze fest sogar
ein wenig Peinlichkeit ist mit dabei
wie wenn man nach dem Lebewohl und
vor der Abfahrt einen Freund
noch einmal trifft.
Der bläulich-weiße Widerschein
auf zwei Gesichtern ist auch
der Spiegel unserer, der Zuhörer,
Betroffenheit.

2

Tagesschau, Abendschau, Nachtschau.
Der Nachrichtenmann ist stumm
weil er zu oft dasselbe sagte.
Aber wohin gehört
das Flimmern des Fernsehers
ohne Ton wenn sich sein Summen
mit dem Grundrauschen der Platte
aus gleicher Richtung vermischt?
(Wir brauchen Politik die
auch gesungen werden kann.)

3

Als jemand dann nach Sendeschluß
die Stille und das düstre Licht
bekämpfen will mit einer Schilderung
von Holzspielzeug da springt ihm
Wort für Wort als kleine Kugel
aus dem Mund und rollt ziellos
und gut verteilt quer durch
das Zimmer bis jedes unvermittelt
stehen bleibt auf halbem Wege
zwischen ihm und uns:
ein
zeitverkehrtes Murmelspiel.

SCHLESISCHE GROSSMUTTER

"Dedication to
a piece of land"
W.C. Williams

Sie wuchs dort auf, wo man in der Volksschule
noch beide Sprachen lernte, Polnisch und Deutsch,
lernte bald die Nase rümpfen über die Polacken
die Landarbeiter waren, ihre Eltern
damals schon "Gutsverwalter" -

war hübscher, gesünder, etwas weniger albern
als ihre jüngere Schwester und kriegte
den ersten, den besten Freier
einen Studierten,

zog mit ihm in die Hauptstadt wo
es weniger Polen gab und alles feiner war, gebar
ihm fünf Kinder, erzog sie so
wie sie selbst erzogen worden war,
mit Rohrstock und Katholizismus -

war also Vorsteherin eines Haushalts von 9 Personen
einschließlich Köchin und Kindermagd,
sorgte für alle "Am Domplatz 1" und hatte alle
in der Hand, war nie selbst krank,
"verlor" ihren Jüngsten, ihren Liebling
den laut Meldung aus dem Feld
"ein heldenhafter Tod zu Pferd ereilte",

faßte daraufhin die Meinung daß nichts Schönes
oder Übles mehr nachkommen konnte, flüchtete
im 54. Lebensjahr mit der Tochter
und dem plötzlich altgewordenen Mann,

ging zurück zum Gebirge ihrer Kindheit
und überquerte es zum ersten Mal, flüchtete
zu Fuß, auf Karren, auf Heuwägen, in Eisenbahnabteilen
die sie durchs Fenster betrat und verließ
mit Hilfe verwundeter Frontsoldaten,

sah ihren Mann langsam verhungern,
stritt sich mit ihm bis fast in seinen Tod,
beschützte sich und ihre Tochter
mit der Stärke ihres Blickes
vor Vergewaltigung -

verschmerzte es als ihre Tochter
unerwartet schwanger wurde, erzog
das Balg als sei es ehelich, mit Liebe und Haß
wie die andern zuvor, verschmerzte es, als
es ihr wieder weggenommen wurde, verschmerzte
auch daß sie sich bald darauf gezwungen sah
in ein Haus voll alter Leute einzuziehn,

fand sich also dort wieder, wo sie erzogen worden war:
bei Ordensschwestern, überstand deren Intrigen,
überstand Krankheiten, Medikamente, Lieblosigkeit,
nicht mit Beten, sondern mit Zähnezusammenbeißen
und Kopfhoch, während sich ihr Rückgrat
S-förmig krümmte, sodaß sie jetzt wieder
so groß ist wie mit 12.

ICH TREFFE LEUTE

die ich jahrelang nicht gesehen habe,
Michael Kronberger z.B., die Form seines Geistes
ist das Komma und
die Form meines Geistes
ist der Doppelpunkt
und also springe ich
hinter seinen Sätzen
und Augen her bis er anfängt
rückwärts zu rennen.
Wenn er sich zweiteilt
(nicht durch Halbierung sondern durch Verdoppelung)
ist das ein bekanntes, oft gespieltes Spiel wobei
ein Hase
zwischen zwei gut postierten Igeln
hin und her läuft
bis er auf die Idee kommt
mal zur Seite zu kucken:
da lachen alle drei.
Oder ich treffe Kharazan alias Kraxl
den Perser in Bayern, der dort
die Angst vor der Armut und hier
den Haß auf den Reichtum lernte --
ich treffe diese Leute
und sie sprechen oder sie bewegen sich
ein bißchen anders als früher
- als ich es in Erinnerung habe -
das ist wie wenn du
den Kopf aus dem Zugabteil
in den Fahrtwind steckst.
Franziskas Ansichten
haben sich etwas
ETWAS
geändert,

wir reden über andre
Ansichten, schöne
Aussichten und Bedrohliches und jeder Satz sagt außerdem:
du bist mir abgegangen
ICH HAB DICH LIEB und irgendwann
ist es kein D-Zug-Fenster mehr sondern
das Säuseln in irgendeinem Altbaukamin
aus dem knisternd und gemächlich
die Gespenster kriechen --
Vater Staat mit dem Schlagstock,
Mutter Natur im ABC-Kampfanzug und
Gevatter Tod mit der Dämmerspritze
allesamt in aseptischem Weiß.
Oder, gestern, traf ich Leni
nun ist sie schon über 30
und immer noch sehn ihre Ängste aus
wie ein Doppelporträt
der Eltern
am 10. Hochzeitstag
und alles was sie sich zutraut darf sie
und alles was sie darf traut sie sich zu.
Aber fragst du dich denn nie
my liddl'love
mei du liabs Heazal du --
aber was sollen die Fragen
weil, in ein paar Jahren treff ich dich wieder und das
Hochzeitsfoto
ist vergilbt oder es ist das Foto von dir und einem Mann oder
ich treff dich nicht mehr und
du bist abgehaun
an einen bessern Ort
oder alles war ganz anders
und es waren in Wirklichkeit
meine eigenen Ängste
die ich auf dich projizierte
und dann von dir ablas.

--- Wer sind diese Gestalten
diese alten Bekannten die
zu ganz bestimmten Zeiten erscheinen?
Sind sie wie jener Mann in
der U-Bahn den man manchmal
auf der Heimfahrt sieht? Oder
wie die Frau im Laden an der Ecke
deren Leben man sich
aus kleinsten Einzelheiten
längst zusammenreimte?
Und langsam
senkt sich
in mein Bewußtsein
von diesen Fremden, diesen Freunden
in diesen Teil von mir der jemand andern lichtbricht
senkt sich
in mein Bewußtsein
all derer die Rafael Marina Leni Kraxl
Michael Bugs Gollum Burkhard Julia Gerard Dorle heißen
das Bewußtsein
dieser Zeit
dieser Veränderung in dir & mir
& allem.

ZEICHEN

In letzter Zeit
geht es ihr oft so
daß ein Fremder in der Menge
ihren Namen ruft
und sie fühlt sich gemeint
oder
die Sekunde
absoluter Befremdung
wenn sie aus einem Glas trinkt
und ihr Mund ist voll mit etwas
das sie nicht erwartet hatte
oder
der Schatten
am Rand des Sichtfelds
der sich dem Blick
mit der Geschwindigkeit
der Kopfdrehung entzieht
oder
wenn ihr
der Mantelsaum der
sie am Ohr streift im Café
genau die Freundlichkeit
die Feindlichkeit
zurückschickt
die sie in Gedanken
grad aussandte
oder
wenn die Angst im Unterleib
ihr spätnachts
aus dem Betrunkenen
entgegenbellt.

LEBLOSE TAGE

Das ist wie wenn du
jemand gehen siehst
& weißt nicht ob er
auf dich zukommt oder
weggeht von dir jede
Phase der Bewegung
registrierst du schätzt
dauernd die Entfernung
nach & wirst nervös

weil sich nichts ändert
an der Gestalt die sich
bewegt wie ein Gehender
& nicht wie einer der
auf der Stelle tritt.

NACHMITTAGS SICHERHEIT

Eine kurze Gewißheit
daß alles schon immer
anders war als bisher
geglaubt:

bei McDonald's tritt mir
ein mittelalterlicher Minnesänger
aus der Toilettentür entgegen und
nimmt mir kein Erstaunen ab;

dann der Hotelportier vorm Hilton
er läßt in die offene Hand
des Bettlers in Verkleidung
etwas Unsichtbares gleiten;

der dankt
indem sein Haar
in seine scheinbar
leere Hand fällt.

AUGEN-BLICKE

Ein Kopf
schwebt draußen
vorbei, bleibt
stehn am Rand
der Scheibe, hüpft.
Zeigt seinen Augen

was dort drinnen ist:

ein Fenster halb
verklebt mit bunten
Zetteln vor braunem
Kerzenlicht. Ein
Gesicht

über Tischen Gesichter

die nach außen
schaun in blaues
Abendlicht. Alles
jeweils so
bedeutungslos
wie man es zuläßt.

GEWOHNTES

Das Haus. Das Zimmer.
Das hier ist das Foto
eines Freundes der Fotos
macht von seiner Wohnung
vor dem Auszug.

Ich bin auch
eine Schlange mit
Häutungsschwierigkeiten.
Die Stereoakustik schläft
verpackt im Korridor

die Wände hallen mehr
als den hohlen Klang
meiner Schritte zurück:
leises überzeugendes
Stimmengewirr.

Wenn ich knapp
danebenschaue seh
ich die Bilder
in den weißen
rechteckigen Flecken.

Ein leeres Zimmer.
Ein Haus. Vorbeifahrend
werde ich später darauf
deuten mit einem nichts-
sagenden Satz.

DEJA-VU: BESUCH BEI HARO SENFT

Unter Altbaustuck
ein wohlbekanntes Bild
von sieben Leuten
die glauben
das erste Mal
zusammenzusein

und
zwischen zwei Film-
schnitten zwischen
dem üblichen Schnee-
gestöber aus Wörtern
in meinem Kopf
bewegen sich alle
wie schon einmal zuvor
reden und fühlen und denken
alle wie schon einmal
zuvor

\- genau so lang
bis ich mich frage
wo und wann zuvor.

FILM IN DEINEM ZIMMER

Du warst nicht da
ich kam herein und
sah mich um. Wie schlecht
ich dich kenne, wie sehr
unterschätzt ist die Macht
alter Dinge, Vergangenheit
erschlägt die Gegenwart
in Form von Erbstücken.

Aber auf dem Sekretär
war eine Glocke aus Holz
sie stand gekippt auf
einer Kugel dem Ding
an dem man ziehen muß.
Irgendwann da fing
die Spieluhr wie von selbst
zu spielen an: der Klöppel
der langsam unter der Glocke
verschwand. Der Glockenkörper
zuckte und pendelte sacht hin
und her bis Druck und Zug ihr
Gleichgewicht gefunden hatten
und die Melodie abbrach:
so
unerwartet wie das Ende
meines Grübelns nach
Bedeutungen als plötzlich
jemand dastand
hinter mir.

ZWEIMALIG

Die junge Frau an
ihrer Unterlippe nagend
gebückt zieht sie
den Lenker des Dreirads auf dem

der Sohn thront
in den Boden starrend
genießt er
die geschenkte Fahrt

dem Mann entgegen
dessen Blick abgleitet
und versinkt im
4-Uhr-Freitags-Stoßverkehr

bis
Mann und Kind und Frau
zusammenstoßen
und kurz lächeln

: die Bilderfolge sehn
und hoffen daß
kein eigener Gedanke
sie verzerrt hat.

JEDER HAT SEINEN PLATZ

Die Farben dieser Gesichter
unter bunten Regenschirmen. Erst
der Abend
zeigt diesem Tag
daß es noch dunkler geht.
Jeder hat seinen Platz
aber die meisten
sitzen einfach irgendwo rum.
Zwei
mit weißen Kitteln stehn
in der Zelttür halb
drin halb
draußen das sind
die Sanitäter.
Bei Rockmusik im Bierzelt
über das Glück reden
ganz hinten
wo es nicht so laut ist.

GEDANKENLÄRM

Ferne Wolken
zucken im Rhythmus
meines Herzschlags
über den Horizont.
Sie tragen grimmige
Gesichter denn meine
Augen sind nur Lesbares
und kürzere Strecken
gewohnt. Gedankenlärm.

Gibt es
eine Tür
einen Ausweg
irgendeine Methode
sich zu empfehlen aus
der Spiegelglas-Architektur
von dieser Art
von Geist?

SPAZIERENGEHEN

Die Elemente
streiten sich
in der schon fast
überschaubaren Arena
der Großwetterlage.

Der Baum verbirgt seine Wurzeln
weil ich nichts unterirdisches bin. Man müßte
die Luft jahrelang anhalten können. Man müßte
die Luft jahrelang anhalten können
um ihn einmal
zu bemerken

aber so
hält er mich wahrscheinlich
für etwas das meinem Bild
von einem schwachen Blitz
gleicht.

Der Oberförster
ist Rechtsanwalt und läßt
möglichst viele Häuserl
mit nur zwei Wänden
in den Wald einbaun.

IRGENDWO

Stell dir einen Ort vor:
irgendwo –
auf einer Straße nach London oder
Stockholm, eine ziemlich breite
Straße jedenfalls, vielleicht
etwas ansteigend mit
Vorstadthäusern beiderseits
oder nur rechts, und links Wiesen:
Bushaltestellen paarweise
mit Stange und Schild, aus der Zeit,
bevor die Autos kamen,
mit leerem Fahrplankasten und
auf der Rückseite noch ein Spiegel
womöglich.
                              Jemand
hat dich mitgenommen
und biegt genau hier
ab oder er wohnt hier draußen
aber du willst noch weiter, in
die Stadt (warum eigentlich?)
es ist regnerisch und du fluchst
anfangs ein bißchen das leise
Gewohnheitsfluchen des Trämpers
darüber daß keiner hält

          aber nach ein zwei Stunden
kommt das Gefühl für
den Ort
der Ort saugt dir dein Ego weg
und du siehst plötzlich
alles klarer, schärfer

: den Asphalt als Himmelsspiegel
: den Hydrant an der Ecke
: die Bretterbude dahinter
: den Sieg des Holzes gegen
                                        den Anstrich
                              und gedankenlang
willst du ihn mitnehmen,
diesen Ort, willst
"einfach hierbleiben"
(warum nicht)
und schließlich schlägt dich
die Erkenntnis nieder
daß du
        alles
              immer
                    so
                       sehen könntest
wenn du wolltest
und wie anstrengend
das wäre.

TISCH (ZURÜCKKOMMEN)

Wer weiß denn
was in einem Raum vorgeht
in dem niemand anwesend ist?
Luigi Pirandello

Dieser Tisch
und diese Sachen auf dem Tisch:

war eben auf der Straße
und diese Dinge sind
die ganze Zeit hier
eingesperrt gestanden
und die Vorhänge
waren orange wie
sonst oder nicht?

Mit der Türklinke in der Hand
seh ich vor allem diesen Tisch

der da so steht

und all die Sachen
die er trägt

: eine Milchglastasse
: ein Deckelglas voll weißem Honig
: Orangen und
: Bananen in
: einer Zinnschüssel
: ein violetter Kerzenstumpf
: eine gelbrotgelbe Kerze

und

: meine Brille.

Ein
Glück daß meine Brille
auch dort lag ich wäre
fast nicht mehr
zurückgekommen.

ZURÜCKKOMMEN (TEXT FÜR 9 AUSATMUNGEN)

1 du kommst zurück du läßt dich fallen hoffst auf eine weiche
Landung näherst dich dem Haus das du mit wenig
Abschiedsschmerz verlassen hattest und mit starken
Zweifeln ob der große Trip was neues bringt

2 kommst abends an in einem Dorf gleich vor der Stadt und
läßt das Taxi an der Ecke halten du gehst das letzte Stück
zu Fuß schaust durch das Fenster in die helle Küche

3 ein leerer Raum nichts als ein leerer Raum ein Deja-vu
eines Bildes von einem anderen leeren Raum der auch
schon vor dem Eintreten vertraut war eine Gegenwart die
nach Vergangenheit aussieht und umgekehrt

4 ein Foto mit Doppelbelichtung du gehst behutsam hinein
um nicht die Prallheit des Moments zu stören und läßt
dir Zeit auf deinem leisen Gang durch alle Zimmer hebst
dir dasjenige als letztes auf aus dem die Stimmen dringen
und Musik

5 jemand und dann noch jemand fällt dir um den Hals und
dein Gesicht gerät außer Kontrolle sie fangen hastig an dir
von den andern zu erzählen die nicht mehr da sind wie
lang der eine weg ist und wie weit der andere und das dort
drüben ist Martina die du noch nicht kennst

6 wiedermal ertappst du dich dabei Tatsachen zu bekämpfen
willst uralte Entscheidungen abändern ach wär' doch
wenigstens SIE noch hier und IHN hätt' ich auch gern
wiedergesehn aber dann verschwimmen leere Wünsche und
vage Gesichter zu einem einzigen Gefühl des Fließens von
Zeit

7 und von weit oben siehst du Leute in einer Ebene
zusammentreffen aus allen Richtungen geführt von
unsichtbaren Kräften und wie sie sich gruppieren wie sie
Muster bilden die sich fast unmerklich verändern
pausenlos und auch wie sich die Ordnung auflöst
irgendwann

8 aber bald dringt mit gewohnten Redewendungen gewohntes
Denken in dich ein und auch die Unzufriedenheit darüber
und du gibst zu daß du noch immer angefüllt bist mit
Erwartungen und daß das Wandern in den Trümmerfeldern
der Vergangenheit dir einen altbekannten zweifelhaften
Spaß bereitet

9 und du erfährst ganz neu was du schon immer wußtest daß
du allein bist nicht einsam sondern unabänderlich allein
daß alles andre Täuschung ist die daher kommt daß man
sich immer wieder fangen läßt von einem Ort und einem
Netz aus eingetretenen Wegen

NACHWORT

In den Träumen meiner Kindheit flog ich noch ausschließlich mit Vorlage, das heißt, mit dem Kopf voraus, das Kinn weit vorgestreckt, die Arme durchaus nicht hastig rudernd, sondern langsame majestätische Bewegungen ausführend. So flog ich vor allem über fremdartige Städte, manchmal auch über die Wipfel großer Wälder, nur gelegentlich etwas aufgeschreckt von den Luftgewehrsalven der Polizisten und Jäger, die in Lichtungen und Straßenschluchten lauerten. Beine und Füße waren zu einem einzigen, äußerst flexiblen Steuerruder vereint, das mir im Notfall überraschende Richtungsänderungen ermöglichte.

Einige Zeit nach dem Übertritt ins Gymnasium hörten diese Träume schlagartig auf. Ich führe das heute auf die Bemerkung eines Physiklehrers zurück, der anläßlich der Sage von Dädalus und Ikarus erklärte, daß ein Mensch, würde er mit künstlichen Flügeln zu fliegen versuchen, dafür ein 1 1/2 Meter vorstehendes Brustbein benötige, um die erforderlichen Muskelpakete funktionsfähig unterzubringen, was wiederum aus den und den Gründen unmöglich sei, usw. usf.

Seit einigen Wochen träume ich erstmals wieder vom Fliegen, oder besser gesagt, ich fliege in meinen Träumen. Aber jetzt nicht mehr in Engelflugmanier, sondern aufrecht stehend, sogar mit etwas Rücklage manchmal. Die Fersen knapp über dem Boden gleite ich über das Pflaster mir wiederum unbekannter Großstädte. Die Arme hängen locker an der Seite, ich benötige sie zur Fortbewegung nicht; was mich vorwärtsbringt, ist die Angst, nach hinten umzukippen, und die Steifheit in Knien und Hüfte, die ich dieser Angst entgegensetze.

Immer wieder versuche ich, mittels der Ellbogen an Höhe zu gewinnen, aber die Hauswände sind steil und hoch. Man schießt nicht mehr auf mich, aber der drohende Zeigefinger eines Verkehrspolizisten ärgert mich mehr als alle früheren Schießereien zusammengenommen, und bei Ärger verliere ich unweigerlich an Höhe: ein Art seelisches Intervalltraining also, das so anstrengend ist, daß der Flugtraum jeweils schon bald von blasseren Bildern abgelöst wird.

Sollen sie doch schießen, denke ich jedesmal, aber sie schiessen einfach nicht. Sie gehen davon aus, daß ich ihnen sowieso nicht entkomme.

(1969)

Michael Fruth, *geb. Grüner, *1945. Literaturstudium, verschiedene Berufe, Rundfunkautor: Hörspiele, Lyrik, Erzählungen, Features. Bayrische Mundartgedichte zusammen mit CL Reichert unter dem Pseudo-Pseudonym Benno Höllteufel: "warum nacha ned", 1970, Friedl-Brehm-Verlag; "friis wos i sog", 1972, Piper. Seit 1978 Schüler Bhagwans als "Swami Dipan". Lebte bisher meistens in München.*

Die hier veröffentlichten Texte entstanden 1975 - 78. Sie sind nicht nach Entstehungszeit geordnet.

"Flacker in der Pfote"

Gedichte von Kiev Stingl

acht Mark, Zack!

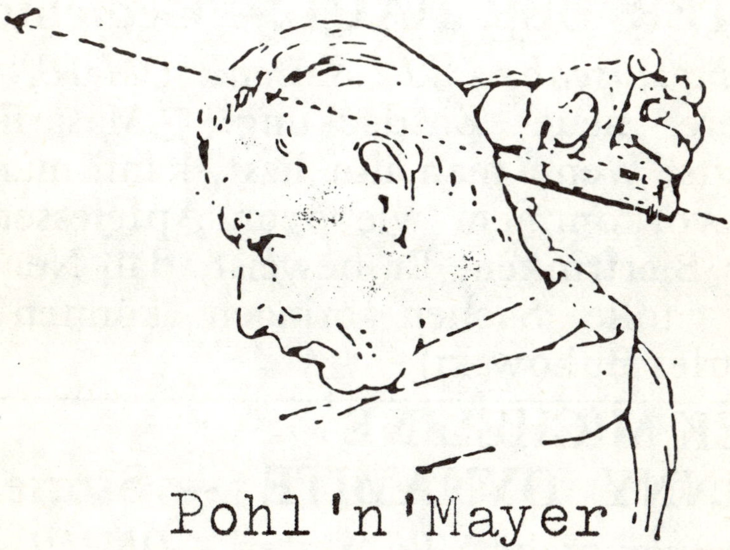

Pohl'n'Mayer

Postfach 1838

8950 Kaufbeuren

ebenda: R.L.Wagners panische Polaroidgeschichten
"Neonschatten", zehn Mark.
"Click Clack" - die Wiener Rockstories
von Günter Brödl. zwölf Mark.

Wir sind der kleine Verlag mit den guten Büchern.

AL MASARIK
UNTER DER HAUT — Gedichte

Originalausgabe - 112 Seiten - DM 10,–
Unsere neue Entdeckung! "Masarik bringts. Wenn man ihn liest, kann man sich vorkommen, wie beim Apfelessen oder Biertrinken. Er beweist, daß Neulinge tolle Sachen bringen können" (Charles Bukowski).

JACK MICHELINE
SKINNY DYNAMITE — Stories

Originalausgabe - 96 Seiten - DM 10,–
Micheline ist einer der letzten originalen Street Poets in den USA. Seine Short Stories sind authentisches Material aus den Gettos der Großstädte. "Micheline schreibt sicher und locker aus dem Handgelenk" (Jack Kerouac)

MAROVERLAG
8900 Augsburg • Bismarckstr. 7 1/2